Lecture club benjamin

Poney Club

Lecture club benjamin

Poney Club

La ponette Crevette

Histoire
Marie-Renée Guilloret
Noémie Pimont

Images
Olivier Vaillon

Cerf·volant

Poney Club

C'est magique !

En tournant
rapidement les pages
en haut, tu verras
le poney galoper.

I

AU PONEY-VILLAGE
DES DUNES ROUGES

Ce matin-là, dans un ciel sans
nuages, un rayon de soleil se lève
au-dessus de la mer.
Il atteint la plage et les dunes
de sable qui la bordent. Il passe
au-dessus des dunes et gagne
les toits du poney-village. Tout

est bien tranquille : pas un mouvement dans les écuries, pas un bruit dans la maison. Pourtant, il est l'heure de réveiller tout ce petit monde ! Le rayon de soleil se pose sur une petite boule grise, perchée sur la porte de l'écurie : c'est le chat Pistache !

Le chat soulève une paupière... le temps d'entrevoir une petite boule de plumes blanches enfouie dans la paille. Le rayon de soleil effleure la boule de plumes blanches : c'est le coq Caribou ! Le coq secoue la tête et soulève une paupière... le temps d'entrevoir une pelote de laine marron blottie contre le mur de la cour. Le rayon de

soleil atteint la pelote marron
et fait briller deux cornes.
La chèvre Profiterole en
chevrote de surprise :
– Tout doux, rayon
de soleil, tout doux ! Le coq
Caribou n'a pas donné le signal !
– Ça vient, ça vient, grommelle
Caribou.
Il se dresse sur ses ergots, agite
sa crête, et lance un vigoureux
« cocorico » !
– Tout doux, tout doux,
Caribou ! s'exclament
ensemble la chèvre Profiterole
et Pistache le chat gris.
Alors, dans le box voisin,
une grosse boule de poils noirs
se redresse : c'est le poney
Babou.

- Que se passe-t-il ce matin ?
Pourquoi nous réveille-t-on
avant le petit déjeuner ?
- Tiens, c'est vrai, répond
le chat Pistache. Nous n'avons
pas entendu la brouette de Ludo.
- Pas de brouette, pas de petit
déjeuner ! déclare Babou. Eh,

les mascottes, allez donc voir
ce que fait Ludo !
Babou aime bien se moquer
du chat, du coq et de la chèvre.
Il les appelle les mascottes,
comme s'ils étaient des jouets.
En fait, ils sont les compagnons
préférés des poneys, de leurs
jeunes cavaliers et aussi de Ludo,
le moniteur du poney-village
des Dunes rouges.
Pistache, Caribou et Profiterole
s'en vont vers la grange de Ludo.
Là, ils trouvent la brouette qui
sert à transporter les granulés.
Mais, ce matin-là, la brouette est
vide ! Alors, les mascottes se
dirigent vers la maison de Ludo.
Sous la fenêtre, Pistache découvre
son bol de lait vide, Caribou

son assiette à grains vide, et
Profiterole n'a pas d'eau fraîche
et propre dans sa casserole !
Les mascottes s'écrient en
chœur :
- Mais où est passé Ludo ?

2

LA SURPRISE DE LUDO

Les mascottes se lamentent, et le poney Babou s'inquiète :
– Pourvu que Ludo ne soit pas malade !
Mais tout à coup on entend un « tut-tut ! ». Un gros camion rouge grimpe avec peine

13

la route qui longe les Dunes
rouges. Enfin, il arrive à
la barrière du poney-village.
- C'est Ludo ! crie le coq
Caribou.
Ludo agite la main vers eux
et crie :
- J'arrive et j'apporte
une surprise !
Ludo gare le camion rouge
dans la cour du poney-village.
Pistache, Caribou et Profiterole
caracolent dans ses jambes.
- Écartez-vous, les mascottes !
leur crie Ludo. Vous allez lui
faire peur !
- C'est sûrement un copain-
chat pour moi, chantonne
Pistache.
- Mais non, c'est un copain-coq

pour moi, rétorque Caribou.
- Ou une copine chèvre pour
moi, lance Profiterole.
- Mais non ! crie Babou depuis
son box. Si Ludo a pris le
camion, c'est pour aller
chercher un nouveau poney !
Ludo ouvre doucement la porte
arrière du camion. Les mascottes
trépignent :
- On ne voit personne là-
dedans !
- Vous allez l'effrayer,
s'impatiente Ludo. Laissez-moi
faire.
Ludo installe le pont afin de
monter dans le camion, puis il
appelle :
- Allez, viens, Crevette, viens...
- Crevette, elle s'appelle

Crevette ! crie Pistache en
direction de Babou.
Et Ludo amène vers la porte
une créature toute tremblante :
- Allez, Crevette, tout doux,
tout doux...
Les mascottes, cette fois
silencieuses, dévisagent une
ponette noire et blanche,
haute comme trois pommes,

à la crinière tout emmêlée et
aux yeux effarouchés. La ponette
se laisse entraîner sur le pont
et pose ses quatre pieds sur le
sol de la cour. Ludo lui tapote
l'encolure.
– Allez, le plus dur est fait. Tu vas
pouvoir boire et manger dans
ta nouvelle maison.
Ludo tient Crevette par la longe.
Tout d'abord, elle se laisse faire.
Puis, arrivée devant l'écurie, elle
entend les hennissements de
Babou et sursaute de frayeur.
– C'est bon, lui dit Ludo, c'est
ton nouveau copain Babou qui
te dit bonjour. Il partage souvent
son box avec les mascottes. Tu
vas t'installer avec Gamba, le
poney alezan.

Les mascottes et Babou dressent leurs oreilles : avec Gamba ? Oh là là, celui-ci est si fier d'avoir un box pour lui tout seul ! Est-ce qu'il va accepter la ponette Crevette ?

Ludo ouvre la porte du box de Gamba. Il y entre, tenant toujours Crevette par la longe, et referme la porte derrière eux. Pas question de laisser la ponette se sauver !

Crevette regarde dans la direction de Gamba. Le poney détourne la tête et elle n'aperçoit que sa crinière orangée. Pour rassurer Crevette, Ludo lui tapote l'encolure. Il lui retire doucement son licol, puis il ressort du box, tout en lui parlant tranquillement :

- À tout à l'heure, Crevette ! Je vais te chercher une bonne dose de granulés. Je dois nourrir aussi Gamba, Babou et tous les autres poneys. Sans oublier Pistache, Caribou et Profiterole. Au travail !

Crevette, encore tout apeurée, regarde Ludo s'éloigner. « Il a vraiment l'air gentil, ce Ludo, pense-t-elle. Il a tout de suite compris que je n'aime pas les voyages en camion. Et c'est beau ici. On voit les dunes, donc la mer est tout près. Voyons à quoi ressemblent mes nouveaux amis !

Crevette pousse un petit hennissement en direction

de Gamba. Mais le poney
ne se tourne même pas vers
elle. Il gratte le sol avec son
sabot, tout en grognant de
mécontentement. Babou passe
sa tête par-dessus la cloison du
box et renifle la ponette pour
la réconforter. Puis il s'adresse
à Gamba :

- Allez, Gamba, sois sympa
avec Crevette. Vous avez de la
chance de partager ce grand box.
Regarde, mon box à moi est
tout petit !

- Comment ça, un grand box !
grommelle Gamba. Pas question
que je me pousse pour une
Crevette pareille ! Et qu'elle
ne mette pas son nez dans ma
mangeoire à granulés !

3

CREVETTE, BABOU
ET GAMBA

Crevette jette de temps en temps un regard apeuré vers Gamba. Oh là là ! Pas facile, celui-là. Elle sursaute à nouveau en entendant la brouette de Ludo.

– C'est bon, lui dit Babou. C'est Ludo et sa brouette.

Tu vas pouvoir te régaler de granulés.

Crevette se sent un peu rassurée. Ludo prend un seau et le remplit de granulés.

Il verse une ration dans la mangeoire de Gamba et une autre dans celle de Crevette. Il vérifie que les poneys ne manquent pas d'eau fraîche. Crevette sent les granulés, et l'appétit lui revient. Mais, alors qu'elle commence à y mettre les dents, Gamba la bouscule rudement. Il la repousse au fond du box, s'installe devant la mangeoire de la ponette et avale toute sa ration de granulés. Pauvre Crevette ! Elle n'a aucune chance d'attraper

le moindre petit granulé.
– Crevette, Crevette ! appelle
Babou.
Crevette lève timidement
les yeux vers Babou et soupire
doucement.
– Crevette, continue Babou,
il ne faut pas te laisser faire !
Quand Ludo reviendra ce soir,
précipite-toi sur ta mangeoire
avant que ce drôle de Gamba ne
t'embête. Devant Ludo, il n'osera
pas te voler ta ration !
Crevette hoche sa petite tête
noire et blanche et jette un œil
du côté de Gamba.
Il grignote la paille et ignore
complètement Crevette et
Babou. Crevette relève la tête
et réfléchit : « Babou a raison, je

ne vais pas me laisser faire. J'ai
faim. Ce soir, je mangerai mon
repas ! »
Et Crevette se redresse sur
ses pattes juste au moment où

des cris se font entendre dans
la cour :
– Salut, Ludo !
– Salut, les enfants. Il y a une
surprise pour vous.

Une horde de gamins se
précipite vers les box.
Crevette recule de peur...
et se retrouve tout contre
Gamba.

- Bas les pattes ! rugit Gamba. Si
tu as peur des enfants, ce n'est
pas un endroit pour toi. Allez,
pousse-toi ! Allez, bouge-toi !
Crevette se réfugie tout au fond
du box. À nouveau, Babou se
rapproche d'elle et lui dit :

- Tout va bien, ce sont nos petits
cavaliers. Ils sont ravis de faire
ta connaissance !
Des cavaliers ! Crevette en a déjà
connu.

- Ouah ! s'écrie une petite fille
à couettes. Regardez le nouveau
poney. Trop mignon avec ses

taches noires et blanches !

– Je vous présente Crevette, dit
Ludo. Aujourd'hui, elle va se
reposer au box. Demain,
quelqu'un la montera pour
la promenade.

– Moi, Ludo, s'il te plaît, c'est
moi qui la monterai ! demande
la petite fille à couettes.

– On verra, Lison, on verra.
Allez, Matthieu ! Sors Gamba !
Les autres, suivez-moi.
Crevette regarde les poneys
s'éloigner avec leurs cavaliers.
Lison, la petite fille à couettes,
s'occupe de Babou. Gamba
semble très docile avec Matthieu.
Ludo a également fait sortir les
poneys des box voisins. Crevette
reste toute seule dans l'écurie.

Elle fait plusieurs fois le tour
de son box, à la recherche de
quelques granulés, mais rien !
Gamba a tout mangé ! Crevette
va boire de l'eau fraîche, puis
grignote un peu de paille. Elle
tente de se consoler : « Ce soir,
Gamba sera fatigué, et
j'arriverai bien à grappiller
quelque chose à manger ! »

4

AU SECOURS,
LES MASCOTTES !

- Crevette, Crevette, dit une voix chevrotante.
- Crevette, petite Crevette !
chante une voix tonitruante.
- Crevette, Crevette, dit une voix traînante.
La ponette Crevette dévisage

les trois mascottes. Elle les a aperçues à sa sortie du camion. Cependant, elle se demande bien ce que ces trois petites bêtes lui veulent !

Peut-être qu'elles sont les amies de Gamba !

– Crevette, dit le chat Pistache, Babou nous a tout raconté. Nous aussi, on va t'aider !

– Oui, chevrote Profiterole. Demain tu vas en promenade. Tu auras besoin de toutes tes forces. Il faut manger !

– Ne t'en fais pas, on est avec toi, l'encourage Caribou, ce n'est pas Gamba qui imposera sa loi.

Crevette se sent un peu rassurée. Mais, épuisée, elle

ne répond rien aux mascottes.
Elle ferme les yeux et écoute
les bruits du poney-village.
Elle distingue la voix de Ludo,
les cris des enfants,
les hennissements des poneys,
et elle s'endort... seulement pour
quelques instants !
– Les enfants, dit la voix forte
de Ludo, prenez le temps de
chouchouter vos poneys !
Brossez-les bien, curez-leur
les pieds ! Quand vous aurez
fini, rentrez-les dans les box
et n'oubliez pas de fermer
les portes !
Crevette regarde au-dessus
de sa porte. Tout le monde
s'affaire !
Lison, la petite fille à couettes,

a posé sa bombe. Elle peine à
curer les pieds de Babou.
Patient, celui-ci ne bouge pas
pour ne pas lui rendre la tâche
trop difficile !
La petite fille le brosse

soigneusement. Enfin, elle lui caresse le bout du nez, détache la longe et le conduit à son box. Babou pousse un hennissement pour la remercier. Matthieu ouvre la porte du box de Crevette et fait entrer Gamba. Crevette reste debout au milieu du box, bien décidée à ne pas laisser sa place !

Gamba passe tranquillement devant elle, laisse le petit garçon le débarrasser de son licol et va boire une gorgée d'eau. Matthieu lui fait une petite tape amicale, ainsi qu'à Crevette, puis il quitte le box. Crevette respire plus fort : qu'est-ce que Gamba va inventer cette fois ? Mais Gamba ne tourne même pas

la tête vers elle. Crevette entend
alors le miaulement de Pistache,
qui vient de sauter sur la
cloison du box, puis le
caquètement de Caribou,
qui vole lourdement jusqu'à
son nid au-dessus de la porte, et
enfin les sabots de Profiterole,
qui saute sur les pavés de la cour.
– On est là, Crevette, dit
Pistache.
– Je suis là, Crevette, dit Babou,
qui passe la tête au-dessus
de la cloison.
– Je monte la garde, lui lance
Profiterole.
Et tous tournent la tête vers
la cour, car on entend de
nouveau la brouette de Ludo...
Ce soir-là, Ludo commence par

nourrir Babou et les poneys des box voisins. Puis il entre dans le box de Crevette et de Gamba.

– Allez, Crevette, un peu de rab pour toi. Demain, ce sera ta première journée de travail. Il te faut prendre des forces ! Pendant que Ludo lui fait une petite caresse, Crevette se jette sur sa mangeoire.

– Ouf ! soupirent ensemble les trois mascottes et Babou. Tous pensent : « Si Ludo reste dans le box, Crevette aura le temps de se nourrir un peu. »

– Bien, Crevette, bien, dit Ludo. Bon appétit et à demain !

– Oh non ! chevrote Profiterole. Ne pars pas, Ludo, ne pars pas ! Mais Ludo ne comprend pas le

langage des mascottes.
Il retourne vers sa brouette
en sifflotant. Crevette finit de
mâcher sa première bouchée
de granulés.
– Vite, vite ! l'encourage Babou.

Mais Crevette reçoit un gros coup de pied dans le flanc. Elle recule en criant de douleur ! Gamba en profite pour atteindre sa mangeoire et pour avaler à toute vitesse la double ration de granulés de la ponette...

– Sers-toi dans la mangeoire de Gamba, miaule Pistache.

Crevette, encore sous le choc, grappille avec courage quelques granulés de Gamba.

– Aïe ! crie-t-elle.

Gamba l'a mordue à l'encolure. Avec ses sabots, il la repousse loin des deux mangeoires.

– C'est trop fort ! répète Caribou sur tous les tons.

– Je n'en crois pas mes moustaches ! s'indigne Pistache.

– Si je pouvais lui donner une bonne leçon avec mes cornes ! s'exclame Profiterole, qui bouillonne de colère.

– Babou, Babou ! appellent les mascottes. Qu'est-ce que l'on peut faire ? Babou est consterné.

– Oui, qu'est-ce que l'on peut faire ? répètent-elles en chœur.

Gamba est toujours gentil quand Ludo et les enfants sont présents. Jamais personne ne comprendra que c'est Gamba qui empêche Crevette de manger.

La ponette, toujours tremblante de peur, n'ose plus quitter le fond du box. Comment se défendre ? Même Babou et les mascottes peinent à trouver

une solution. C'est difficile !
Pistache commence à marcher
sur la cloison et suggère :
– Allons, réfléchissons.
Il faut simplement que Ludo
comprenne ce qui se passe.
– C'est ça, c'est ça, répond
Profiterole. Demain, nous
l'empêcherons de repartir
vers sa maison.
– J'ai une idée, dit Caribou.
Dès que Gamba approchera
de la ration de Crevette, nous
ferons tous un bruit d'enfer !
Quand Ludo viendra pour
nous faire taire, il surprendra
le manège de Gamba !
Babou et les mascottes ont
une nuit agitée. Ils sont bien
inquiets au sujet de leur

nouvelle amie Crevette. Quant au coupable, le ventre lourd de granulés, il dort profondément dans son coin, sûr d'être plus fort et plus malin que les autres.

5

UN BRUIT D'ENFER !

Le lendemain, quand le premier
rayon de soleil éclaire le poney-
village des Dunes rouges, Babou
est déjà réveillé, les yeux
dirigés vers la maison de Ludo.
Et les mascottes ? Toutes ont
les yeux grands ouverts.

Crevette respire très fort,
comme si elle se remettait
de son cauchemar de la nuit :
elle a rêvé d'un immense
monstre noir. Il la terrorise
en lui montrant ses dents aussi
nombreuses et aussi grosses
que celles d'un crocodile !
Gamba, lui, respire
tranquillement, son gros
ventre ne le gênant pas le moins
du monde. Le rayon de soleil
atteint la crête de Caribou,
qui lance alors son « cocorico »
du matin.

– Prêt, Babou ? demande
Pistache.

– Oui, je suis prêt. Je vais
surveiller Gamba. Dès qu'il
commencera à manger le

petit déjeuner de Crevette, je hennirai, et vous tous, vous ferez un bruit d'enfer pour faire revenir Ludo.

– C'est un bon plan, approuve Profiterole.

– Espérons-le, dit Caribou. Allons retrouver Ludo !

Les mascottes partent vers la maison de Ludo. Sous la fenêtre, Pistache trouve son bol de lait. Caribou se régale avec ses grains de blé, et Profiterole apprécie son eau limpide et fraîche.

– Cocorico ! répète Caribou.

– C'est bon, c'est bon, maugrée Ludo en ouvrant la porte de la maison. Les cheveux en broussaille, il enfile ses bottes. Puis il charge sa brouette et se dirige vers les box. Comme d'habitude, il distribue le foin et les granulés à Babou et dans les box voisins. Enfin, il arrive dans le box de Crevette et de Gamba.

– Allez, Crevette ! Aujourd'hui, promenade ! Régale-toi ! Je reviendrai avec nos petits cavaliers dans une heure.

Ludo quitte le box et commence à se diriger vers sa maison.

Babou et les mascottes sont à leur poste.

– Vite, Crevette, mange, mange ! miaule Pistache.

Crevette fonce vers les granulés. Aussitôt, Gamba entreprend de la pousser et de la mordiller. Babou commence à hennir et

à donner des coups de pied dans
la porte de son box. Dans un
même élan, Pistache bondit sur
la cloison et miaule, les poils
tout hérissés. Caribou lance
des « cocorico » tonitruants, et
Profiterole pousse des « mêêêê ».
– Qu'est-ce qui se passe ? s'écrie
Ludo, qui revient vers l'écurie.
Je n'y crois pas ! On vous entend
à des kilomètres d'ici !
Mais Ludo ne regarde pas dans
le box de Crevette. Alors que
Babou, Caribou et Pistache
tentent de faire encore plus
de bruit, Profiterole pousse
Ludo avec ses cornes.
– Oh, oh, Profiterole, tu vas
déchirer mon pantalon !
proteste Ludo.

Profiterole réussit à entraîner
Ludo tout près de la porte
du box de la ponette... quand
le téléphone sonne dans
la maison !
– Ce doit être le vétérinaire,

dit Ludo. Il repousse Profiterole
et part à grandes enjambées.
Consternés, Babou et les
mascottes le regardent s'éloigner.
Leur plan a échoué ! Crevette
n'a pas eu de déjeuner,

et Ludo n'a rien remarqué !
- Pfft, on n'y arrivera pas tout
seuls, constate Pistache. Ludo
est toujours pressé, il ne fait pas
attention à nous !
- Et Gamba est malin. Il ne
se laissera pas surprendre si
facilement, ajoute Profiterole.
- Pourtant, il faudra bien que
quelqu'un parle à Ludo, insiste
Caribou.
À ce moment-là, on entend
la troupe des jeunes cavaliers
arriver dans la cour. Babou
les regarde, l'air songeur :
« Parler à Ludo ? Mais oui,
bien sûr ! »

6

QUE FAIRE ? QUE FAIRE ?

Ludo accueille les jeunes
cavaliers qui arrivent dans la
cour.
– Préparez vos poneys.
J'ai presque fini. Lison, c'est toi
qui montes Crevette ce matin.
– Génial ! s'écrie Lison.

J'adore déjà cette ponette.
Babou rassure gentiment
Crevette :
– Allez, tu as de la chance. Ta
première cavalière, c'est Lison,
la petite fille à couettes. Elle
est douce et attentive. Courage,
Crevette !
Matthieu arrive pour faire
sortir Babou, qui se laisse guider
docilement. Babou réfléchit :
« Les enfants pourraient venir
en aide à Crevette. Ludo les
écouterait. Mais comment faire
pour qu'ils voient le manège
de Gamba ? »
Crevette ne se sent pas trop en
forme : elle n'a pas mangé la
veille et a peu dormi. Mais Lison
s'occupe bien d'elle. Crevette

apprécie qu'on lui brosse le poil, qu'on retire la boue séchée sous ses sabots et qu'on lui démêle la crinière.

Ragaillardie, elle se laisse conduire dans la cour.

Tous les cavaliers sont prêts. Monté sur son cheval, Ludo a pris la tête du groupe.

– Lison, viens juste derrière moi, que je voie comment se comporte Crevette en promenade.

Lison donne un petit coup de talon pour faire avancer Crevette et se place derrière le cheval de Ludo. Crevette fait de son mieux pour suivre le rythme.

– Ça va, Lison ?

– Oui, Crevette a l'air contente.
– Bien ! répond Ludo. Alors on
tente un petit trot. Restez bien
dans le rang !

Crevette sent un nouveau coup
de talon. Elle sait qu'elle doit
prendre le trot, mais la tête lui
tourne. Elle se sent très faible et
s'arrête au bord du chemin.
Surprise, Lison tente de la faire
repartir. Mais Crevette titube
sur ses quatre pattes.

- Ludo, Crevette n'a pas l'air
d'aimer le trot !

- Crevette, allez ! Lison,
demande-lui d'avancer.

- J'ai déjà essayé, elle ne réagit
pas.

- Bon, reprenons le pas. Pour
une première fois, c'est déjà
bien.

Crevette entend à peine la voix
de Lison qui l'encourage. Elle se
sent comme dans un brouillard.

Quand les cavaliers arrivent dans la cour du poney-village, Ludo l'attache à la barrière. Il observe ses yeux, puis ses pattes.

- Je ne vois pas de problème. Lison, tu la remettras au box. Je passerai la voir tout à l'heure.

Les mascottes arrivent à la barrière. Babou, lui aussi attaché, leur souffle :

- Crevette n'en peut plus. Elle était incapable de passer au trot. Ludo commence à s'inquiéter. Et Lison aussi. Vous savez, j'ai pensé que les cavaliers pourraient nous aider.

- Bonne idée, lui répond Pistache. En attendant, si nous tentions d'attirer de nouveau Ludo près des box, après

la distribution des granulés ?
- C'est ça, approuve Caribou.
Babou, si tu pouvais entrer dans
ton box après le repas des autres
poneys, Ludo serait obligé
de revenir pour toi !
- Je vais essayer, réplique Babou.
Pendant ce temps, ne restez pas
loin de Crevette.
Lison emmène Crevette dans
son box. Gamba y est déjà. Vite,
les mascottes s'installent à leur
poste : Pistache et Caribou sur
la cloison, et Profiterole près de
la porte.
- Gamba, miaule Pistache, on te
regarde, méfie-toi !
- Vous ne me faites pas peur,
ricane Gamba. Je suis plus malin
que vous trois réunis.

- C'est ce qu'on va voir, avertit
Caribou.
Un à un, les cavaliers ramènent
les poneys à l'écurie. Puis ils
rangent leurs brosses et
leurs cure-pieds dans leurs boîtes
de pansage. Enfin, après avoir dit
au revoir à Ludo, ils quittent
la cour. Tous, sauf le cavalier
de Babou !

7

LA RUSE DE BABOU

Attaché à la barrière, Babou
mène la vie dure à son cavalier.
Il s'appuie de tout son poids sur
le pied que le petit garçon tente
de soulever.
– Ludo, Ludo, je n'y arrive pas !
Impossible de curer les pieds

de Babou ! appelle Matthieu.
- J'arrive, dit Ludo, je finis de
nourrir les poneys et je viens
t'aider.
Babou observe de loin Ludo,
qui se lance dans la distribution
de granulés. Il commence à
se laisser faire : le petit garçon
lui cure un pied, puis s'occupe
des postérieurs. Pistache arrive
près de Babou.
- Ça y est, Ludo a donné le repas
à Gamba et à Crevette.
On entend le bruit des sabots de
Profiterole, qui s'exclame :
- Vite, Gamba commence
à mordiller Crevette !
Alors, Babou laisse Matthieu
prendre son licol et le ramener
au box.

- Ludo, appelle le petit garçon,
j'ai enfin réussi à panser Babou.
Tu viens lui donner à manger ?
« Oui, oui, pensent les mascottes,
viens, Ludo. Et tu verras enfin
ce qui se passe dans le box
de Crevette. »
Mais une voiture arrive et
se gare sur le parking.
- Pas le temps, répond Ludo au
petit cavalier. Voici le vétérinaire.
Tu veux bien nourrir Babou à
ma place ?
Et Ludo repart en vitesse
à la rencontre du vétérinaire.
Matthieu fait rentrer Babou dans
son box et retourne chercher
une ration de granulés.
Babou s'approche de la cloison.
À nouveau, Crevette s'est

réfugiée tout au fond du box,
pendant que Gamba se sert tour
à tour dans les deux mangeoires !
« Et si Matthieu surprenait
Gamba ? » pense Babou.
– Babou, c'est pour toi ! annonce
Matthieu en remplissant
la mangeoire. Tu regardes chez

Gamba et Crevette ? Espérons
que Crevette va vite se mettre
au travail ! Si elle ne suit pas
le rythme en promenade, Ludo
sera obligé de la renvoyer au
pré !
Les mascottes sont désespérées :
au pré ! C'est là que Ludo
envoie les poneys trop vieux
pour travailler avec les cavaliers !
Babou reste près de la cloison,
espérant que Matthieu
s'approchera de lui. Mais
Matthieu poursuit :
– Ou alors Ludo va se plaindre
au marchand, et Crevette
retournera là d'où elle vient !
D'ailleurs, ils nous l'ont
peut-être vendue parce qu'elle
ne sait ni trotter ni galoper !

Babou regarde les mascottes,
l'air catastrophé : quel bavard, ce
Matthieu ! Mais sans doute a-t-il
raison. Ludo ne garderait jamais
une ponette incapable
de travailler et de mettre en
confiance les jeunes cavaliers !
Dès le départ de Matthieu,
on entend les gémissements
de Crevette :
– C'est vrai, ce que je viens
d'entendre ? Je ne pourrai plus
avoir de cavaliers ? On va me
laisser pour toujours au pré ?
– Mais non, nous allons bien
trouver un moyen pour faire
comprendre à Ludo que tu
n'es pour rien dans toute cette
histoire, décide Profiterole.
– Et si Babou s'échappait pour

revenir au moment du repas ?
propose Pistache.
- M'échapper ? s'étonne Babou.
Mais, quand je n'ai personne
sur mon dos, on m'attache
généralement avec la longe
de mon licol !
- Eh bien, détachons cette
longe ! insiste Profiterole.
- Parce que tu sais défaire
un nœud ? s'étonne Caribou.
- Non, admet Profiterole. Mais
je peux mâchouiller cette longe.
Après tout, ce n'est que de
la corde !
- Et moi aussi, je peux la
mordiller, propose Pistache.
- Et moi, je peux la déchiqueter
avec mon bec, ajoute Caribou.
Comme ça, quand tu tireras

un bon coup, la longe cassera
et tu t'échapperas !
- Cette idée me paraît tout à fait
bonne, admet Babou.
La nuit venue, les mascottes se
mettent toutes les trois au travail.
Elles se relaient pour mordre,
mâchouiller, déchiqueter
la longe de Babou. Et au petit
matin...

8

LA CHUTE DE LISON !

Dans la fraîcheur du matin, un soleil radieux se lève au-dessus des Dunes rouges.
Il s'apprête à éclairer le poney-village. Mais dans le box de Babou encore endormi, Caribou ne bouge pas une plume, et

Pistache ne remue pas un poil.
Dans la paille étalée près de
la porte de l'écurie, on ne
distingue que les cornes
de Profiterole. Tous nos amis
semblent décidés à passer
la matinée au lit. Mais quand
le rayon de soleil se pose sur
Gamba, celui-ci se réveille. Et
quand il effleure Crevette,
elle sursaute ! Babou aussi
finit par ouvrir un œil. Il se
rappelle sa mission de la journée.
Pourvu que les mascottes aient
suffisamment abîmé la longe !
Il les voit immobiles sous
la caresse du soleil et pense :
« Les mascottes semblent
épuisées, c'est donc qu'elles ont
bien travaillé ! »

Les rayons de soleil éclairent
la fenêtre de Ludo, qui bientôt
sort pour préparer le lait
de Pistache, le blé de Caribou
et l'eau fraîche de Profiterole.
Mais pas une des mascottes
n'arrive pour saluer Ludo.
« Tiens, pense-t-il, hier c'était
Babou qui faisait des siennes,
et aujourd'hui les mascottes ne
sont pas au rendez-vous ! »
Et sans plus y songer, il part
remplir la brouette.
Bien décidé à réveiller Caribou,
Babou souffle sur sa crête !
- Cocorico, cocorico ! proteste
le coq.
- Enfin, grogne Gamba. On s'est
tous réveillés avant toi ! Même
Ludo que voilà.

Pas fier de lui, Caribou secoue
Pistache et Profiterole. Tous
les trois partent prendre leur
déjeuner sous la fenêtre de Ludo.
Dans le box, Ludo s'attarde près
de Crevette.
- Alors, ma belle, tu t'habitues ?
Gamba est gentil avec toi ?
Pendant que Ludo la caresse,

Crevette en profite pour attraper quelques granulés. Gamba la regarde d'un œil noir ! Dès que Ludo s'éloigne de leur box, Gamba lance un grand coup de pied à la ponette et la coince contre la porte. Babou passe la tête pour lui caresser la crinière.

– Ne t'en fais pas, on a un nouveau plan pour ce soir !

Quand elle entend les voix des cavaliers, Crevette dresse les oreilles : est-ce que Lison s'occuperait d'elle ?

Elle l'entend supplier Ludo :

– S'il te plaît, Ludo, hier on n'a même pas fait de trot. Laisse-moi essayer de nouveau !

– Bon, mais demain on

changera. Crevette doit
s'habituer à différents cavaliers,
et toi à différents poneys.

- Ça marche, répond Lison,
ravie.

Au pas derrière le cheval
de Ludo, Crevette rassemble
ses forces pour ne pas décevoir
Lison. Elle réussit même à faire
une courte distance au petit
trot. Mais, le souffle court et
la tête comme dans un nuage,
elle stoppe net, et sa cavalière
passe par-dessus sa tête !

Ludo descend de cheval et se
précipite vers Lison.

- Ça va, Lison ? Que s'est-il
passé ?

- Rien, rien, dit Lison. Ce n'est
pas la faute de Crevette. C'est

moi qui ai tiré sur les rênes.
Je ne sais pas où j'avais la tête !
Ludo rattrape Crevette et aide
Lison à se remettre en selle.
Songeur, il observe la ponette.
Babou, qui a tout vu, pense très
fort : « Merci, Lison, d'avoir
défendu Crevette, mais Ludo ne

s'aperçoit toujours pas qu'elle est très faible et que Gamba devient de plus en plus gras ! Est-ce que Crevette va retourner chez le marchand ? Est-ce que Ludo va la mettre au pré ? » Au bout de la file de poneys, Gamba se traîne, et son cavalier doit lui donner bien des coups de talon pour le faire avancer ! Dans la cour du poney-village, les cavaliers ont attaché Crevette, Gamba, Babou et leurs copains.

Profiterole se promène près des poneys, attrapant de temps en temps un brin d'herbe entre les pavés.

– Prêt, Babou ? demande

Profiterole, qui s'impatiente.
- Oui, j'attends que Matthieu
ait fini de faire mon pansage.
Il aime bien brosser ma crinière.
Profiterole s'approche de
Crevette.
- Ça va, Crevette ?
- Je n'en peux plus, répond
Crevette. J'ai du brouillard
dans la tête. J'ai même fait
tomber ma cavalière.
- C'est parce que tu manques
de nourriture. Espérons que
notre plan va réussir cette fois.
Surtout, quand Ludo arrivera,
arrange-toi pour qu'il voie
comment Gamba te traite !
ajoute Profiterole.
- Merci. Je ne sais pas ce que
je ferais sans Babou et sans

vous, les mascottes ! renchérit
Crevette.

Lison emmène Crevette dans
son box.

- Ne t'en fais pas, Crevette,
c'était une petite chute de rien
du tout, et ma bombe m'a bien
protégée. À demain !

Gamba rentre également au
box avec son cavalier. Crevette
l'ignore et passe la tête au-
dessus de la porte pour
observer Babou dans la cour
pavée. Matthieu a bien
du mal avec Babou. À nouveau,
le poney ne se laisse pas faire :
impossible de lui soulever
les pieds pour curer ses sabots !
Impossible de le brosser sans
qu'il tente de tourner en rond !

Impossible de lui brosser le toupet sans qu'il donne des coups de tête !

- Ce n'est pas son jour, dit Ludo au petit cavalier. Prends ton temps. Moi je commence à distribuer les granulés.

« Très bien, tout ça, pensent les mascottes. À toi de jouer, Babou ! »

En sueur, le cavalier de Babou a enfin réussi à faire son travail. Il commence à détacher le poney pour l'emmener au box. Soudain, Babou donne un coup de tête, et la longe se casse en deux !

Effaré, Matthieu regarde tour à tour le bout de corde resté dans sa main et Babou, qui sort de la

cour au grand galop, saute par-
dessus la clôture qui borde le
chemin et s'enfuit à toute allure
vers les dunes !
- Ma parole, s'écrie Ludo,
qu'est-ce qui se passe dans
la tête de Babou ?
Il saisit une poignée de granulés
dans la mangeoire de Gamba
et se lance à la poursuite
de Babou. Notre poney s'est
arrêté au bord des dunes. Il
laisse Ludo s'approcher. Il faut
rentrer à temps pour surprendre
Gamba qui vole la nourriture
de Crevette ! Ludo tend sa
poignée de granulés.
- Allez, Babou, tout doux !
On rentre maintenant !

9

PRIS SUR LE FAIT !

Ludo ramène Babou en
le tenant par le bout de longe
qui reste accroché au licol.
– Qu'est-il arrivé à ta longe,
Babou ? Qui l'a déchiquetée ?
Bizarre, tout ça !
Les deux mascottes, Lison et

Matthieu attendent Ludo
et Babou dans la cour. Pistache
court dans tous les sens.
Caribou, perché sur la porte du
box, glapit. Ludo ne comprend
rien à toute cette agitation.
- Lison, Matthieu, occupez-
vous de Babou. Moi, je
vais téléphoner à l'ancien
propriétaire de Crevette.
Je veux savoir s'il avait des
problèmes avec ses cavaliers
et avec les autres poneys.
Je trouve Babou bien agité
en ce moment.
Les mascottes s'arrêtent de
bouger. Ludo s'en va encore.
Que va-t-il dire au téléphone ?
Va-t-il renvoyer Crevette ?
Pistache saute dans les bras

de Lison. Caribou se perche
sur l'épaule de Matthieu et
Profiterole cabriole devant eux.
– Vous aussi, vous êtes tristes,
leur dit Lison. Ce n'est pas juste
si Ludo renvoie Crevette. Allons
lui faire un petit câlin !
Ils se dirigent vers le box
de Gamba et de Crevette. Et
ce que voit Lison est si
incroyable qu'elle en lâche
Pistache. Matthieu, bouche bée,
montre du doigt Gamba : le nez
dans la mangeoire de Crevette,
il repousse avec ses postérieurs
la pauvre ponette !
– Gamba ! s'écrie Lison.
– Vite, crie Matthieu, allons
chercher Ludo !
Lison et Matthieu courent

le plus vite possible vers Ludo.
- Ludo, Ludo ! crient
les enfants.
- Chut ! leur dit Ludo.
Lison et Matthieu trépignent
devant Ludo, qui parle
toujours dans son téléphone.
- Vous comprenez, dit-il, j'ai

besoin de poneys calmes, bien dressés, qui mettent en confiance mes cavaliers.
– Ludo, Ludo, ce n'est pas sa faute !
– Chut ! leur répète Ludo.
Lison lui prend la main pour le traîner vers les écuries. Ludo continue dans son téléphone :
– Et Crevette, soit elle n'avance pas, soit elle les fait tomber.
– Ludo, regarde ce qui se passe ! C'est Gamba !
Ludo fait la sourde oreille tout en se laissant pousser vers les box.
– Et bien sûr, dit-il, les enfants l'aiment bien. Cela va être un drame quand je vais vous la ramener.

- Oh non, Ludo, attends !
On te dit que c'est Gamba !
Ludo dresse l'oreille. Il s'excuse
au téléphone :
- Oh, on dirait qu'il y a encore
un problème avec cette
ponette ! Maintenant, c'est son
copain de box qu'elle ennuie.
Allez, je vous rappelle.
- Que se passe-t-il cette fois ?
Babou ? Crevette ? dit Ludo en
s'adressant aux enfants.
- Mais non, on te dit que
c'est Gamba, dit Lison, tout
essoufflée d'avoir poussé Ludo
à travers la cour.
- Mais, mais, Gamba !
s'indigne Ludo en voyant le
poney noir s'acharner à coups
de sabots sur Crevette.

Ludo ouvre la porte à toute volée, attrape Gamba par le toupet et le fait sortir du box. Puis il saisit le premier licol qui lui tombe sous la main et attache Gamba à la barrière, dehors !
Ludo se tourne vers Babou, Pistache, Profiterole et Caribou.
– Voilà la raison de toute cette agitation, dit-il. Vous aviez compris le manège de Gamba. Heureusement que vous étiez là, Lison et Matthieu. Allez, Crevette, régale-toi ! Pour te consoler, je vais aussi t'apporter du foin !
Crevette se jette sur les granulés, puis mâchonne son

foin. Enfin, elle avale plusieurs gorgées d'eau. Babou, les mascottes et les enfants rient de bon cœur : jamais ils n'ont vu une ponette manger de si bon appétit ! Rassasiée, Crevette lève la tête vers ses amis.

– Merci, Babou ! Merci, Pistache, Caribou et Profiterole ! Finalement, je crois que je vais me plaire ici ! Ludo revient vers le box.

Il fixe sur la porte une ardoise sur laquelle il écrit :

CREVETTE
DOUBLE RATION
DE GRANULÉS
DOUBLE RATION DE FOIN
ET PLEIN DE CÂLINS !

10

AU PAS, AU TROT,
AU GALOP !

Le lendemain matin, dans
le paddock du poney-village,
Gamba se réchauffe au premier
rayon de soleil : il a passé
la nuit dans le sable et en plein
vent. Crevette se tient debout
à la porte du box, humant

l'air frais. Profiterole a passé la nuit dans son box, pour lui tenir compagnie. La chèvre bêle de plaisir quand le soleil transforme en miroir la corne de ses sabots. Ce qui réveille Caribou. Le rayon de soleil fait miroiter ses plumes blanches alors que le coq fait résonner son plus beau « cocorico ».

Le chat Pistache ronronne de contentement quand le soleil fait briller ses moustaches blanches.

Un Ludo tout ébouriffé ouvre en grand la fenêtre de la maison. Il commence à servir le petit déjeuner des mascottes, tout en sifflotant. Puis il se rend à l'écurie et commence à passer de box en box pour sortir la paille qui jonche le sol. À la place, il étale une couche de paille bien propre. Les cavaliers arrivent ensuite, Lison en tête !

– Aujourd'hui, c'est la fête, leur dit Ludo. Chacun a le droit de choisir son poney !

Une Crevette aux sabots curés, au poil brossé et à la crinière démêlée trotte pour se placer derrière le cheval de Ludo, avec Lison bien en selle.

À leur suite trotte Babou, monté par Matthieu, ainsi que tous les poneys du village. Et derrière eux s'agitent le chat Pistache, la chèvre Profiterole et le coq Caribou.

– Un petit trot ? propose Ludo.

Lison, d'un bref coup de talon,
fait partir Crevette au trot. Plus
de brouillard dans la tête, plus
d'estomac creux : la ponette
trotte fièrement sur le chemin.
– Un petit galop ? propose de
nouveau Ludo.
Lison donne le signal à
Crevette. La petite bande part

au galop derrière Ludo. Pas
question pour Crevette de
s'arrêter au bord du chemin !
- Tout doux, tout doux,
demande Ludo.
La petite troupe reprend le pas.
Et qui les observe depuis le
paddock ? Le poney Gamba,
l'estomac lourd après s'être tant
gavé !
- Alors, lui demande Pistache,
tu es fier de toi ?
- Si tu recommences, menace
Profiterole, tu verras comment
je me sers de mes quatre
sabots !
- Et tu verras comment je me
sers de mon bec et de mes
ergots ! ajoute Caribou.
- C'est bon, c'est bon, j'ai

compris la leçon, marmonne piteusement Gamba.

Les mascottes se dirigent vers les Dunes rouges pour observer la petite troupe de cavaliers qui arrive sur la plage. Bon galop, Crevette et Babou ! Bon galop, Matthieu et Lison !

Poney Club

Table des matières

Lecture club

La série  Poney Club

NIVEAU
2
Bon lecteur

Et pour les grands lecteurs, 120 pages

NIVEAU
3
Grand lecteur

benjamin

Au fur et à mesure
de tes progrès en lecture,
découvre d'autres
histoires passionnantes...

• • •

entures...